여명은 詩를 품어내고

여명은 詩를 품어내고

2024년 3월 5일 제 1판 인쇄 발행

지 은 이 ㅣ 임명실
펴 낸 이 ㅣ 박종래
펴 낸 곳 ㅣ 도서출판 명성서림

등록번호 ㅣ 301-2014-013
주　　소 ㅣ 04625 서울시 중구 필동로 6(2층·3층)
대표전화 ㅣ 02)2277-2800
팩　　스 ㅣ 02)2277-8945
이 메 일 ㅣ ms8944@chol.com

값 12,000원
ISBN 979-11-93543-51-1

이 책은 예술인 복지재단에서 지원을 받아 출간된 서적입니다.

여명은 詩를 품어내고

임명실 2번째 시집

도서출판 명성서림

산고의 진통 속에 열매가 달렸네

서향 / 임명실

사람은 나약할 때 자신을 돌아보고
주변과 환경을 살피게 되는 시간표로
깨달음 되어 이정표 되어야 할 때
신께서 대화를 원하시는지 오랫동안
하고 싶은 대로 하고 품을 떠나 있어
그분께서 바라보시다가 똑 똑똑
나를 바라보고 대화를 원하신다.

무엇부터 어떤 대화를 먼저
말씀드려야 할지 망설임에
통증이 오가는 시간으로 묵상하고
때로는 고요한 시간 속에 자신을 살피는 시간
이럴 때 비로소 좀 더 성숙해지는 것
마음에 내놓을 묵은 것들이
뇌리를 슬라이드처럼 스쳐 지나가더라도
앞다투어 문을 두드림을 봅니다.

믿음을 뒤로하고 세상에서 지내는
즐거움도 삶에는 필요하다는 위로로
나름 행복한 날들이 찾아들지만
그러나,
이만큼 세월에 주춤하게 되니
자신이 할 수 있는 것은 아무것도 없고
문제와 사건 앞에 순응해야 하는
현실을 인정하고 순연해지렵니다.

주신 이도 취하실 이도
주님임을 이 순간 기억나게 하심을
감사하게 받아들여야 하고
건강의 적색신호 등은 잠시 멈춤
병원 검사와 소견을 통하여
정보취합과 의사의 손길을 통해
건강이 회복하고 나면 잘 지키고
유지하며 남은 시간 보람 있도록
새 삶의 터전을 꾸려 보렵니다.

적색 신호등이 켜지고
몸과 마음이 이루 표현할 수 없도록
고통스러워 실망으로 화도 났지만
받아들일 수밖에 없었던 것은

인간의 약함에 돌이켜 해답으로 풀고
이 순간을 딛고 일어서서
전화위복으로 새 삶으로 살아가는 것
그것이 소중한 답이라는 결론입니다.

주변 침대 위 환우들은 항암 치료 중이라도
고통 속에서도 의연하게 보내는 모습에
고개를 떨구어 그에 비해 나 자신은 수액을 맞아도
다행스러움에 입을 다물지만
그들은 병중에 밝은 모습일 수 없음에
말을 아끼고 항암 투여하고 있으니
자신의 돌보는 이 시간 내 인생 앞에
숙연히 고개 숙이게 되므로
몸도 삶에 동반자임을 인정하게 됩니다.

그중에 열매로 출간을 앞두고
셀카를 찍어 놓아 사진을 준비하는
자신은 해야 할 일에 소망을 두니
힘이 나고
신음 중에도 출간하는 두 번째 시집을 통해
더욱 성숙하게 하시는 그분께
감사드리며 깊은 심연으로 남기는
시간을 보내도록 인도하시길 소망하며

울고 웃었던 지난날의 소중한 여정을
추억 속 글로써 표현하고 싶은 흔적들이
마음속 깊이 고운 축제의 장이 되고 싶습니다.

출간하는 두 번째 시집
"여명은 時를 품어내고"라는 시집이 세상을 향해
힘차게 달려 나가려는 기쁨과 함께
저 스스로 입가에 미소를 띠어 보지만
왠지!
서먹서먹한 눈물이 앞을 가려와도
작가라는 이미지에 품위를 살리고자
노력 할 것이며, 한발 한발 독자의 곁에서
성숙한 심연으로 깊어져 가는 서향 임명실
시인으로 좋은 작품을 발표하고
후회 없는 삶을 살아가도록 노력 하겠습니다.

독자여러분!
꿈과 희망은 행복입니다.
그것은 시 한편을 감상하는 기회입니다.
이토록 작가로서 좋은 글을 발표하기란
쉽지 않지만, 문학인의 긍지로 더욱 더
빛이 나는 별이 되겠습니다.
감사합니다.

차례

차례

차례

여명은
詩를
품어내고

가두리 바다낚시

초봄의 시샘이 쌀랑하게 느껴지나
동절기 얼어붙은 스트레스 날리러
바다로 가지요

좋아하는 내 친구 감성돔은
진달래꽃 만개하는 사월에 만나기로 하고
대리만족 가두리 바다낚시를 왔어요

우럭이 인사조차 아니 하니
어인 일!
동생네 톡했더니
새빨간 옷을 입어 꽃뱀인 줄 알고
물고기가 다 도망갔다 하더이다

아니 이렇게 오래된 꽃뱀도 있나요
왔다 왔어!
소리가 나올 때까지 쑥 도다리국
우럭회 상상하면 열심히 던져 지지요

동절기 묵은 체중 쑥!
내려갈 때까지

자리매김

청춘 시절에 말했네요
혼자 있을 때가 좋다고
꿈과 이상을 펴기에 너무 좋았어요

낙엽이 찬바람에 뒹구는 황혼이 질 때
보낸 편지가 되돌아오더라도
그 주소만큼은 기억하고 싶어져요
젊은 날의 기억들요

거울 속의 사람은 흘러간 세월을
애써 부둥켜안으니
본인이 책임져야 하는 것들을
내려놓았으나
모습은 어디 가고 없네요
완숙해진 모습에 정을 싣습니다

그래도
잘 견디어 냈다고 위로 하지요

설악산 애기괭이눈

추위도 덜 가시었나
얼음물 녹는 소리
졸 졸 졸

고양이 눈을 닮았다고
다들 웃고 있어요
아주 작은 꽃이
애처롭지 아니하시는지요

산중에 홀로 핀 야생화
봄의 전령사
고즈넉한 빈집에서
군불 지펴주시구려

비

울지 마세요
거리에 쏟아부은 눈물 줄기가
강물에 휩싸여 고향 바다로 가지요

황토 바닷물 색에 내 사랑이 놀랍니다
사랑은 연기와 같고 안개와 같으니
사라지는 것이 세상 이치라고 하지만
그대여!
내 사랑은 말뚝 박은 닻줄이구려
감았다 풀리기는 하나
어디에서든 안전하길 바라지요

사랑은
영원불멸의 원칙이라 했지만
그대와 나도 변하고 있으니
말라버린 빗방울을 한 올 한 올 풀다 보면
폭우처럼 쏟아지더라도
울지 마세요

연꽃밭에서

그리움이 해를 따라 돌고 있더니
다시 못 볼 것 같던 그대가
활짝 웃고 있구려

숨어 버릴까
두려워 가까이도 못 가고
먼발치에서 뛰는 가슴 달래봅니다

시린 겨울 속
아픔을 태동하였겠지만
여름날의 언약을 잊지 않으셨구려

고마워요 연화씨

예쁜 그 자태에
가까이 가기는 어려웠어요
멀리서 바라보기만 했으나
아주 순결하고 평범한지를 알았어요

나의 임 나의 사랑
일찍 몰라서 미안합니다

용기를 내어 고백합니다
나도 그대를 사랑해도 되는지요.

운용 명자꽃

톡 터지는 산고의 날이
얼마나 남았을까
얼음장 물도 녹고
가슴속 한 서림도 녹았는데
아직도 더 풀어야 하는
무엇이 있나요

봄은 왔다고
우왕좌왕 바쁜데
겨우살이를 지낸
검버섯들만 자욱하고
발걸음은 애처롭고
마음은 답답하니
어서 나오시구려

처녀의 초경처럼.

여명의 새벽을 열고 걸어 봅니다

빼꼼히 쳐다보는 밝은 임께서
나를 지켜주고 있었습니다

궁상을 떨던 외로움도
살 속을 시리게 하던 겨울 앓이도
당신 덕분에 떠나가는 줄도 몰랐습니다

시린 마음 지켜 주던 모든 사랑이
당신이었군요
행여 우연이라고 생각했던
우매함을 용서해 주세요

연기처럼 피어오르는 그리움조차도
당신 품에 살며시 내려놓으려 합니다
언젠가 만난 듯 낯익은 얼굴 하나
그대 모습에서 떠오르고 있어요

고마운 당신이
언제나 지켜보고 있음을 모르고 살았습니다.

작은 꽃망울

고요한 밤이지요
파도가 숨 쉬는 찬바람을 맞으며
베르테르의 슬픔을 간직한 채
그리움을 뛰어넘습니다

상상 속 그대를 사랑하는 것 같아요
아무것도 아는 게 없는데
왠지 막연하게 보고 싶네요

지면의 사랑은 백지장 마냥
처음보다 더 공허할 수 있겠지만
막연한 기대감은 내가 상상하는
그대였으면 좋겠습니다

살아온 세월 파편들이
위로를 원하기도 하겠지만
그대 꽃망울처럼 수줍게 바라보시구려

내 사랑은 아주 작은 바람으로
그대 가슴에 피어나고 싶거든요.

비의 랩소디

고요한 빗방울 음악을 실어요
들뜬 마음으로 봄맞이 갑니다

흔들흔들 팔짓 발짓 누가 보아도 건달입니다
그래요 멍때리고 마냥 걷고 싶어요

당신 내 마음속에 들어와 보려 한 적 있나요
사랑은 떠들지 않아도 이루어지지요

핸드폰 속에 들리는 봄날의 랩소디는
살금살금 빗방울처럼 파고들지요

사랑합니다 그대가 나를
내가 그대를 뭐 어때요

음악에 맞춰 소리 지르고 공감해요
출렁거리는 봄비가 내 어깨까지 왔어요

누가 더 사랑하든
그게 무슨 상관이 있나요.

봄비

여심을 흔들더니
바람은 눈물로 흘러내립니다
차곡차곡 이야기되어
마른 가지를 적시어요

단비는 내 가슴에도
조용히 두드려대니
아련한 지난 추억일랑
잊어버리고 편안히 쉬라고 말합니다

그래요, 그래
물오르는 가지 생명에게 축복을요
그렇게 또 한 장
나의 노트에 기록하지요

가까이 있어도 고맙고
멀리 있어도 괜찮습니다
나의 등 뒤에서 바라만 보아 주세요

봄바람

태양이 화사해 내 마음을 드리지요
봄 봄 봄입니다
이곳은 변화 없이
그저 그런 모습이지만
남쪽은 완전 꽃밭이래요

남녘에 있는 봄에
소식 전하러 간 지 이미 사흘째
꽃 바람이 나셨나 올라오지 않네요

봄 바지 두 개 사러 외출을 합니다
늘어난 허리춤이
돈을 더 달라고 하지는 않지만
짜증에 투기에 트집을 잡아보지요

봄은 왜 속을 썩이는 거야
봄이 속을 썩이다니요
바람이.

승잠원의 봄

향토 음식점 승잠원에 봄이 오더니
완연한 변신으로 마중 나오네요

베이커리 커피 하우스로 바뀌어
아메리카노 한잔도 달콤하고
베이커리 빵이 입에서 녹아버려요

추위를 핑계 삼아 방콕 신세로
는 체중 운동 삼아 걸었더니
이게 웬일 인가요

완전 제 스타일!
분위기에 취해 스트레스 날렸어요
봄은 우리에게 활력을 줍니다.

봄 꿈

따스한 숨결이 품 안을 파고드니
감은 눈을 뜨지도 않고 동침을 허락하지요

인삼 향 내음이 입술을 찾으니
비몽사몽 입 언저리에
달콤함을 새겨봅니다

까르르 웃으며 귓전을 간질이더니
바람처럼 살짝 창문을 넘어 달아납니다

허전함에 일어나 창을 열어 보았더니
꿈속의 버들이가 지켜보고 있네요.

가을이 말하는

물보라가 안개처럼 윤슬에 노니니
사랑 그 사랑의 보랏빛 연정은 가을을 안고 사라지지요

머리 풀어 헤쳐진 버드나무처럼 사랑도 흐드러져
강물에 떠다닙니다

길이 보이지 않는 사랑 타령은 구찌베니를 바른 붉은
입술처럼 그렇게 물들어 갑니다

겨울의 문턱인가요
눈에서 멀어지면 마음에서도 멀어집니다

사랑하는 그대여
부디, 내 눈에서 멀어지지 말아 주세요

감자꽃

강원도 비탈 산
짝궁둥이면 어때
돌보는 이 없어도
하늘 아래 첫 동네

맑은 하늘 사랑에
저절로 자라고
신선과 대화하며
살 내음 묻으리라

만삭의 날
아름드리 주렁주렁
캐가니
만인들이 좋아하는
나는야
사랑 스토리

뽀얀 속살 보이는
하지에 맺은 인연
감자꽃이 활짝 피니
강원도래요.

가을비

여린 비 내려 빗방울이
소매 끝으로 굴러들어 오네요
임의 눈물 같아
조심스레 훔쳐보아요
살갗에 스며드는
그리운 방울들이
아린 옷소매를 적시고 있어요

방울은 폭우처럼
갈 곳을 잃게 하지만
그대 그거 아시나요
나무는 마냥 서서 울고
있다는 것을요

가랑잎이 떨어져
찬비의 그루더라도
잊지 말아 주세요
겨울에
만나리라 한 약속 말입니다

가을비는
겨울의 문턱까지와
졸라 대지요

꽃물

가슴에 흐르는 꽃물이
마음 시리게 파고듭니다
차오르는 그리움은
만개의 희열이지요

빈 가슴을 울어 젖히는
눈동자 속에 무지갯빛
설렘으로 당신은
다가왔습니다

터질 듯 솟아오르는
꽃망울 속에
측량할 수 없는 애달픈 눈빛이
바람에 사랑 싣고 떠나려 합니다

붉은 입술, 고운 미소
허울 좋은 거짓처럼
당신은 그렇게 떠나려 합니까
환한 미소로 내게 다가오세요

당신 꽃이여!
짧은 시간만이라도
웃음 짓는
그대를 사랑할래요.

가을 여인

잃어버린 것 없이
잘 챙기래요
당신을 잃고 오는 것
아시나요

국화꽃이 아쉬워
움츠리려 합니다

진하지 않은
국화 향을
찻 잔에 담아서
가을 속으로 가만히
보내 드려요

가을 앓이는
손사래 치고
허망한 사랑은
외로움에 젖으니
갈잎이 우수수
물어보네요

아름다운
이야기는 추억으로
남겨지는데
돌아오는 계절에
다시 올 수 있는지요.

눈물 한 방울 시가 되어

호수에 잠기어
노닐던 그대 품이
한 여름밤의
달콤했던 추억으로
끝이 나지만

사랑은
인고의 세월을
지나칠 수 없었나
어디선가 본 듯한
낯익은 모습을 찾지요

그리움의 갈망은
끝이 없더라
하더라도
파란 너울 위로 걸어 봅니다

아!
당신이었나요
철썩이며 소원하는
파도 소리를 듣습니다

그대
그리움은 어찌
예까지 오셨는지요.

갈매기의 꿈

한여름 햇볕에
모래알은 꿈을 꾸지요
바람이 움직여 주면
하늘 높이 날아갈 것이라고
다소곳이 앉아 모진 바람
눈비를 맞아 보기도 합니다

여행자인 철새의
하소연도 들어 줍니다
어둠이 내리는
그 어느 날도
외롭고 힘든 밤을
철썩이는 파도에
의지했나 봐요

자자
날아보자
살아갈 수 있는
먹이를 찾고
날개의 힘을 키워
애써 버둥거려 보고
있답니다

알바트로스처럼
높이 날아 세상을
내려다보고 싶지만
아무것도 혼자 힘으로는
안되는 것을 알았을 때
갈매기의 꿈을
그리워합니다

끼룩끼룩
야무진 부리로 먹이를 찾고
힘차게 날갯짓으로
비행을 하지요
멋진 세상에
멋지게 서기 위함이지요

유명한 화가가 그린
도화지 위의 희망이
완성 되어요
주인공은 결국 나였습니다.

물안개가 그립다고요

전망대 찻집
창가에 서서
수채화로 병풍 친
고령산을 바라본다

능선을 차고 오르는
아기자기한 풍경
여인의 생을 닮은
애틋한 솔 송이가 울지요

창문을 두드리는
빗방울이
지나간 어느 날

무수한 삶의 모든 것들이
짐승의 포효처럼
유리창을 두드리며
울어 대더라

수면 위로 사라지는
찰나의 그리움을
찻잔에 담아 마십니다

어제의 기억이
물소리에 잠기고
빗방울은
성큼성큼 걷고 있으니
아픈 사연을 낳고
호수를
바라보다 꿈을 꾸지요

우리들의 꿈
푸르게 솟은
소나무 꽃술
산고를 치르고
어미가 되던 날
돌밭 정원에 뿌리박은
그루터기

세월의 나이테를 새기고
둥지를 틀어
날개를 달아주던
지난날들
호수에 늘어진
출렁다리 빗속을 걷는
아름다운 연인들을 본다

길목 마디에
기쁨의 강이 넘치고
푸른 생의 정점을
무난히 뛰어넘더니
노을로 물들어 가는
풀꽃 같은 생과 사랑이여!

나는 영원히 지지 않는
물안개에 쉬리라

구절초 사랑

어여쁜 구절초를
살며시 쳐다보며
내 사랑 고백하니
어둠이 내려오네

만나면 말도 못 하고
흘러가는 내 청춘

높아진 하늘 아래
바람은 싱숭거려
뒤엉킨 햇살에
내 마음 들켰다네

구절초 사랑 타령에
한 세상이 다 가네

사랑이 머물고 간 자리

임이 떠나가셨나요
사랑이 머물다 갔나요
그리움의 끝은
어디까지 인지요

빈 항아리에
그리움 한 양동이
길어다 부어요
채워지지 않는 것은
밑 빠진 독의 허무함이지요

짊어진 사랑을
내려놓지 못하오니
가슴에 안은 미련
이 밤이 새도록 채워봅니다

생의 고단함
빈손으로 훌쩍
가버리고 싶지만
애증의 그림자가

분홍빛 그리움 되어
하얀 눈밭을 뛰어다니고 있네요

사랑은 연기처럼
스멀스멀 스며드니
안개 속으로
사라지려 합니다

혼백 모두를
설야의 밤에 내동댕이치더라도
상고대가 높이 울고 있는
그곳까지 가 보렵니다.

다른 세상

먹이를 찾아
어슬렁 거리다
수면의 냉랭함에 놀라
바닥까지 내려와
움추리더라

은둔형 냉아 상태로
공허감에 사로잡혀
존재감의 실체에
몸부림을 치니
세상은 만만치 않음에
꼼짝 달싹 할 수 없었다

적막한 고요를
가르고 눈앞에
부드러움이 다가오니
미끈하게 옷을 벗은
새우 한 마리

앗!
녀석이다
수면 위에서
언젠가 본 적이 있는
옷 벗은 새우 미끼에
또 다른 세상에 포로가 되었다.

석류

영악하기 그지없는
그녀의 몸부림은
계절을 뛰어넘는
열정이었어요

놀란 가슴에
팡팡 총을 쏘니
위태로워 톡 터져
버리지요

두근거리는 심장을
그대에게 주었으니

입술에 녹아나는
살 내음을 책임 지시구려
만삭의 달 구월입니다

코스모스

살랑 실려 오는
고운 임 소식에
볼그스레 수줍어
귀 기울여 봐

바람이 온기로
강가로 데려가니
한들거리는
사랑 이야기로
꽃을 피우네요

사랑의 순결은
분홍 꽃잎에
맺혀지니
톡 터질 것 같은

소녀의 사랑은
가녀린 향기로
기도 합니다.

붉은 메밀밭

고단함을 안고
거칠게 숨 쉬던 날
그리움 한점 남기려고
찾아 왔어요

심신을 풀어 놓고
동강을 노닐다 보니
사랑이 짙어 빨갛게 물든
메밀 밭을 걷고 있더이다

뜨거운 가슴은
연민으로 물들어
나비마냥 살포시
내려 앉으니

그리워 하는 마음
이토록 진하다면
두 심장을 포개어
보듬어야겠지요

붉은 메밀꽃 잔에
그대를 가두어 놓으니
사랑은 내 마음에
곱게 내려앉습니다

흰 나비가 되어
훨훨 나니
내 곁 가까이에서
손짓해 주시구려
사랑하는 임이여!

회귀

흐르는 물속에
살아가는 산천어
바다로 가겠다고
아우성치니

신은 빙그레
웃고만 계시나
듣고도 못 들은 척
하시는 건지
쉰 목을 거머잡고
소리 질러 보나

당신께 부르짖으라는
신의 말씀 또한
믿어야 하는 건지
갈팡질팡 날뛰다

울 안을 벗어나니
한여름 땡볕이
속살을 녹이더라

낙조에 시들어
고개를 떨구며
산천 물 그리워
후회하는 중
윤회의 과정은 몇 억겁인지요

가시연꽃

하얗게 미소 띠며
그대를 맞으려오

찬 서리 진흙에서
어여삐 자랐으니

인내와 수고로움에
칭송하여 주구려

여왕의 찬란함은
어둠이 내린 습지

비단길 밤이슬을
어찌 맞으시려오

대관식 웅대할 적에
내 몸마저 사르리

단풍의 고백

이제 작별을 하려 하네요
찬 서리 된 바람에 시들어가고
발그스레 사연 입은 이 옷도 벗어야 하네요

알몸으로 태어나 초록 꿈도 꾸었고
튼튼한 생명줄에 기대고 살았으나
평생을 당신 사랑 위해 살았노라
말하겠어요

생명의 젖줄을 빨며 행복했던
동안의 인사를 해야 하나요
비록 떨어진 낙엽으로
찬비에 구르더라도

그대 사랑
사랑해 사랑해
한 모금 마시며 살았노라고
말할 겁니다

고향 그리움

대관령 아흔아홉 구비
고개 아래
감나무 빛으로
노랗고
하늘 바다인 파란
수평선이 그립습니다

어제 두고 온 듯한
바닷가 해당화도
따라옵니다

모터를 단 자전거에
초당 초두 부를 싣고
양념간장을 준비하라는
아버지도 오십니다

오월의 단오제가 떠들썩
하던 날
무속인들의 춤
여성국극 그네 타기 씨름

약장수들
모두 다 추억 소환으로
돌아옵니다

정월 대보름 날
어른 흉내 내며
하던 지신밟기
남대천 다리 위를
먹은 나이만큼 오가며
무병장수와 소원 풀이를
빌었지요

깡통에 구멍 뚫어
불씨를 담아주던
오빠들도 오늘따라
새록새록
보고 싶습니다

망우리요!
라고 외치며 밤새도록

뛰어다닌 나날들이
몇 날이었던가요

남대천을 바라보며
정한수 한 그릇 떠 놓고
가족들의 건강을
비시던 어머니

아버지의
사업 부진으로
평창 진부에 있는
외가댁에서 쌀가마를
신고 넘나들던 대관령 재
굽이굽이 넘어오던
어머니의 한스러운
대관령이 있습니다

오죽헌 옆 논바닥이 얼면
썰매 지치기를 하던 유년들의
시절이 있었고

세월이 많이 흘러
누가 남아 있는지
기억하기 싫지만 다들
가버리고 없습니다

아무도 없는 이곳에서
눈물이 뚝뚝 떨어지는데
아버지의 토속 장국 수를
삶고 있습니다.

가을 앓이

찬 바람이 휭하니
옷섶을 들치는데
먼 산 박이 두 눈은
심히 아프더라

아직 단풍 구경도
못하였는데
추억의 그림자가
허상이 되어
괴롭히고 있으니

아이를 잃은
어미의 마음처럼
종잡지를 못하고
헤매니 가을은 정녕
그런 건지요

가을 앓이는
어디로 가야 하는지
망설이고 있는데

나뭇잎 하나 툭 떨어져
발등에 내려앉네요

한 치 앞도 못 보며
타박거리는 걸음은
아픈 젖가슴을 찾는
잎새의 서글픔이니
그대는 아시는지요

이리저리 피해 다니는
비굴한 여인의 가을은
결국
길을 잃어버리고
말았습니다.

초승달

보드레한 민낯으로
오신 임이여
팔랑거리며 웃음 짓는
저를 보셨나요

등 돌리면 남이라
떠나던 인연도
살짝이 갈바람을
움켜쥐소서

고성 피리 삘릴리
구슬픈 갈밭에는
철새들 구성지게
울어 예우니

사랑 임 벗임
속살 사랑 그립거든
살포시 초승달에
물어보시구려

여인의 바다

여인의 바다에는
아팠던 세월이 파도에 뒹굴고 있다

혼자 울고 혼자 세상을 당기는
판토마임 같은 몸동작이
여인의 손끝을 시리게 한다

단 한 번의 간절한 소원이
이루어지길 바라며 던지고
감기를 얼마나 많이 했던가

왔다 왔어!
그 한 번의 짜릿함이
묵직하게 전율을 일으킨다

기다림은 환희를 탄생시키고
오래된 상처를 어루만져주는
손맛의 기쁨을 느끼게 한다
이 맛에 세상이 있는 거야

오늘도 여인의 바다는
그 여인을 감싸 안고 있었다.

아침 이슬

영롱한 이슬이
풀잎에 맺힐 때
그대 들으셨나요
아름다운 이야기를요

꽃잎에
맑은 이슬이
터질 듯 구르는 것은
그리움의 증표지요
그대 보신 적 있나요

어깨를 스치고
이슬은 눈물 되어
방울방울 옷깃에
스며들고 있지요
그대 느껴 보셨는지요

가여운 여인이
쓰다듬는 손길에도
이슬이 사랑 타령
하염없이 쏟아 놓으니
그거 모르시지요

해오라비난초

순백의 길을
걸어가더이다
당신을 안고
흰 눈이 펑펑
날리던 날
문명이 어두웠던
그 과거에는
인정도 사랑도
어두웠지만
한 가지 분명한 것은
정든 마음이 소통
했다는 것입니다

순백의 길을
걸어가더이다
푹푹 빠지는 눈밭을
얼어버린 그대
사랑을 안고
행여 돌아서면
어쩌나 염려되어

돌덩이 마냥
굳어버린 그대 마음을
안아 봅니다

사랑 타령하시길래
아주 고운 학이 되라고
모시옷 걸쳐 드리고
바라만 보고 있지요
사랑
그것참!

순천만 가야 정원

청명한 가을 하늘 그리움 하나 있으니
고운 꽃나무들이 자태를 선보이네

가을의 결실인 과일과 열매는
두 손 벌려 고운임 기다리고 있으니
어서 가서 은빛 치마폭에 사랑 한 아름 따리라

대지 위에 촉촉하게 내린 이슬방울에
국화 향 가득 피어오르니
청개구리 손님맞이 준비하네요.

김장

그녀가 좋아 눈시울이 울컥했지요
나를 위해 요것 저것 보내왔네요

포기김치, 갓김치, 알타리 김치 매실 고추장,
흑임자 콩물 등
이 세상에 나를 위해 겨울 걱정을 하는 동생이 있네요

눈물 반 사랑 반으로 행복 가득하지요
나 없는 것은 모르고 독거노인 김장만 몇몇 날을 했지요
김치 한쪽 가져오지 못하고 몸살 병만 앓았는데,

미안하고 고마워요

세상은 따뜻한 마음이 모여 삽니다
사랑합니다.

이름 없는 꽃

그대가 그랬어요
나 닮은 꽃이라고 향기도 무 향기요
볼품도 없지마는 꽃잎에 서린 사랑은 물안개와 같데요

홀로 핀 야생화는 임 품은 가슴이니
보랏빛 연서 한 장 오롯이 새겨 들고
오늘도 사랑 타령에 해 지는 줄 모르죠

그래요 그랬어요
아무런 약속 없이 사랑 반 연민으로 바라기 사랑해요

여명의 사랑 바램은 오직 그대입니다

당신도 나처럼

잃어버린 계절을 찾고 있어요
당신도 나처럼 찾고 있나요
눈밭에 하얗게 지워지는
기억을 뛰어다니며
그대의 발자취를 찾아보려고 합니다

갈잎이 떨어지는 늦가을 날에
바스락거리는 소리를 들어 보았나요
마른 입술로 다가온 못 잊을 사랑은
몇 해가 지나도 아니 오네요

그대 나를 조금은 걱정해 본 적이 있나요
밤잠 못 이루며 추억 타령하는 바보의 사랑 말이지요

그대는
추억조차 기억하지 못하지 않나요
아스라이 멀어지던 소중했던 이야기를요
물안개가 자욱한 강가에 앉아
조약돌로 쌓았던 언약을 기다립니다
오늘도 하나둘 쌓아가는 이야기 말입니다.

기억

보고 싶다 빛바랜 기억들이
앨범으로 들어가고
도라지 위스키 한잔으로
아린 추억을 곱씹는다

보고 싶다 철썩이는 파도의 소리가
피리 부는 사나이의 여린
가슴을 두들겨 대고
사랑의 길목에서
맹세를 증표 하던
새끼손가락이 아리다

보고 싶다 낙엽 지던 숲속에서
콩닥거리는 심장 소리
들킬까 봐 붉어지고 있던
두 뺨 사이로 내리던 빗물도
훔쳐 버리지 못하였네요

보고 싶다 어두운 등대에
우뚝 서 있는 그가 그대인지
궁금하다
정말!

상현달

밤배에 살그머니 올라갔더니
어두워진 공간으로 불빛이 드리우네요

멀리서 쏴아아 파도 노래가 들리니
여명의 희망이 어디론가 가려고 하지요

하늘에는 손톱달보다 큰 상현달이 떠 있으니
그 위에 큰 별 하나가 반짝이고 있네요

상심한 가슴을 쓸어내리려니
그 별은 내 품을 찾고 있어요

달의 보호를 받으려 떠 있는 줄 알았는데
나를 애처러워하고 있네요

임진각

분향소 향 빛은 그리움 따라가고
절하는 모든 소망은 북녘으로 향하니
핏빛으로 멍들은 실향민들 가슴에
오롯이 그리움만 묻혀 있었네

강 건너다보이는 고향 북녘은
아무것도 보이지 않는 허상의 바램이고
고향의 버드나무는 잘 있는 것인지요

생사를 알 수 없는 부모 형제는
어느 그늘에 여정을 푸셨는지
태평연월을 기다리는 마음은
돌아가는 바람개비에 소식 물어봅니다.

흰 앵초

행복의 열쇠가 왔어요
다섯 잎 파리 파르르하니
임의 품에 안겨 애교 부리려고요

행복을 드립니다
비록 습지에서
임 오시는 날 기다렸으나

봄바람이 그대에게
데려다주네요

폭 안겨서 앵두처럼
심장을 두드려요.

첫눈

어머나
눈꽃 송이들의
축제가 시작되었네요

밤새 그대가 다녀가셨네요

너무 갑자기 온
내 사랑을
만나러 가지 못했어요

미안합니다
무심한 게 아닌데
잠자는 공주의 꿈이
길었을 뿐이지요

하얗게 덮인 세상은
한시름을 잠재우고
평안하게 더 쉬라고 말합니다

미인은 잠꾸러기라고
토닥토닥 두드리는
사랑의 당신이 있었네요.

석양

그대였나요
모르는 척 지나가다 노을빛에 물드는
세월 하나를 보신 것이요

그대였나요
아스라이 멀어지던 고운
갈잎 울음소리를 들은 것이요

그대였나요
천지의 색깔이 온통 붉게 형언할 적에
갈대숲을 넘나들며 사랑 춤을 추던 이가요

가슴 가득 잠들어 떠나지 못하는 그리움은
석양에 물든 노을 되어 심히 걱정만 하는
그가 그대였군요.

대설에 오는 눈

눈꽃 송이가 팡팡
총을 쏘아댑니다

놀란 그리움이 심장 밖으로
막 쏟아져 나오지요

첫눈이 오던 날은
잠꾸러기 미인이 되고

둘째 날은 사랑 좇아
밖으로 나왔지요

놀란 그리움 한 뭉치를
꼭꼭 눌러

그대가 있는 곳에
던져드립니다

나의 사랑을 받으실
준비가 되어 있나요.

겨울을 만졌어요

뽀송뽀송한
꽃송이를 만졌더니
톡 삐진 여인처럼
흘러내려 버려

어깨를 토닥거려
가만히 속삭였더니
화들짝 놀라
등 뒤에 숨네요

하얀 입김으로
사랑 노래 불러주면
품 안에 뛰어노는
겨울을 모으지요

와락 껴안고 외칩니다
사랑 포로
꼼짝 마시라고.

도루묵과 양미리

고향 바다에서
나를 찾아온 알배기 친구다

화롯불에 타닥타닥
잃어버렸던 시절들이 마중 나오네요

시장 바닥에 발로 차이던
그대들이 귀한 값을 하니
시절을 잘 타는 것이 중요하네요

침샘을 자극하고 추억을 부르더니
그 옛날의 사랑을 예약하래요

예약 순번은 11을 눌러 주세요
루틴의 여왕이 좋아하는 번호입니다

로또에도 당첨이 되셨습니다
고향 추억은 이래서 좋아요.

작가의 겨울

어머나
흰 눈이 펑펑 내리는
잊었던 길을 걸어요
힘들다고 포기했던
그 겨울 입니다

푹푹 빠지는 발길을
어찌해요

사랑은 꼭 가까이
있는 것 같아 걷고
또 걸어 보아요

살며시 다가오는
그대 그리움이
그래도 걷는 걸음에
용기를 주지요

사랑이 힘든 계절에
다시 만나더라도
기억해 주세요

아주 아름다운
시어 밭을 만들 거랍니다
겨울이 약속했어요.

사랑이 무서워지다니요

갈잎이 우는 소리를 들어 보셨나요
깊은 밤 차가운 바람이
외롭지 않으려고 그렇게 우나 봅니다

두물머리 연잎이 힘없이 바라볼 때
그대는 무엇을 바라보고 있었나요

머리 풀어 헤친 강가의
버드나무가 앙상하게 여위어
물새 무리를 부러워할 때
나의 바람은 무엇이었던가요

오지 않는 임 기다리다
큰 나무 아래에서 잠이 들지도 모르지요

사실은
이별이 아쉬워 만나지 않으려고요
그리움이 안타까워 사랑하지 않으려고요

윤슬에 빛나는 조각 난 얼굴이 잊혀 지지 않는 것은
나는 지금까지 거짓말만 하고 있었네요

보고 싶은데요
철부지.

내 사랑을 사가세요

떡 시루 안에 덜 쪄진
흰 떡 송이가
펄펄 내리는 밤이에요

눈에도 입술에도
그가 와서 두드립니다
두 팔 벌려 하늘을 안아 보려고요

하얀 휘장 막을 걷고
동그란 얼굴이 수줍어합니다
마치 미소년 같은 부끄러운 미소입니다

아!
그대가 내 사랑이었나요
내 사랑을 팔아요
공짜로 사가세요.

무작정 눈이 내려요

어쩌라고요 하얀 것은
모두를 덮어 줄 수 있지만
쌓이는 눈은 어찌합니까

눈은 모두를
시인으로 만들고
누군가를 만나고 싶게 하지요

두 팔 벌려 안으려 했더니
수줍어 피해 버리네요

상념의 시간이 길었으나
발목까지 눈이 쌓이네요

하얀 세상을 만날 때
우리는 껑충껑충 뛰어다닙니다

그래요
눈꽃 밭에 구르며 맑은 영혼을 찾아요.

눈사람

소복소복 쌓인 흰 눈밭에
하얀 세상이 너무 좋아
눈을 치운다고 핑계로 나와
하얀 그리움을 만끽하지요

눈덩어리를 뭉쳐 사랑을 만들고
뭉쳐지기 힘든 찬 겨울 사랑을
사브작 거리며 애써 쌓아봅니다

어머나!
눈썹을 솔가지로 심었더니
그대를 닮은 표정입니다

야무진 입 매무새는
참나무 가지로 디자인하고

삐뚤렁이 모자 하나 씌웠더니
딱!
내가 사랑하는 모습이지요

어느새
사랑은 중독이 되어 있어요
아직 얼굴도 보지 않은
그대를 그립니다
멘탈 붕괴인가요.

단호박 사랑

추위에 떨며
달콤한 사랑이 왔어요
속내가 궁금 찜기에 올리지요
기다리는 마음은
허기진 배고픔의 냄새랍니다

활짝 열린 단호박 속에는
놀라운 광경이 있었으니
치즈에 늘어지는
오리고기 은행 편 마늘
산타 할머니의 사랑이 가득합니다

유난히 추운 올겨울을
따뜻하게 보내라고
그녀가 웃고 있어요
고마워요
사랑합니다.

구절판

양반님네 음식들이 집으로 왔으니
나도 양반인가
울진 임가 몇 대 손인지
말년 계획은 울진에서
시 쓰며 낚시하며
족보 찾으리라 했는데요

여덟 가지 고운 색 맑은 전에 말며
그 옛날 상감들의 입맛을 느끼리라
세상이 좋아 흔해 버린
식재는 귀한 줄을 모르고 있으니
거참 미식을 모르네요

붉은색 흰색 푸른색
노란 색깔 버섯 고기
한 쌈에 사랑 싣고
목젖의 귀한 향
어이구 누가 만들었는지요.

해맞이

더 가까이 가야만 했어요
우리들의 바람은 하나이지요

사랑,
그 영원한 그리움이 있고

기도,
각자의 소원을 위하지요

여명의 새벽에 떠오르는
소망 하나를

카메라 렌즈에 담으며
간절하게 부르짖네요.

키즈 카페

주렁주렁
꿈나무가 자라나지요
코로나로 인해
갈 곳을 잃은
나무들이
새날의 도움으로
일어나 키 재기 합니다

얼마나 뛰었나
쭉쭉 늘어나는
키 크기 중이에요
송골송골
땀방울이
속삭이고 있네요
추위도 활력 활력이라고요

어머나
뱃속에서도
실로폰 연주를 해요
이태리풍 샐러드가 최고라고요.

돛배 1

임 그리워 하늘을 올려다보니
손톱 닮은 저 달이 이지러져 있네요
하늘에 뿌려진 은하수 무리가
하소연하고 있었네요

만고풍상 돛배 하나가
달의 인도를 받으려고 하니
달님이 울고 있어
어디로 가야 하는지 망설이고 있어요

세월을 품에 안고 거스르는 사연들은
강바람을 따라 깊은 한숨을 내려놓았고
강물은 쉬었다 가자 말을 하지만
떠 있는 작은 배에 여장을 짊어진
나그네는 갈피를 못 잡고 홀로 울고 있구려

눈꽃 속의 환희

눈송이를 펑펑 던지는 아침이지요
창밖에 들리는 하얀 소리가 있어요

환희의 음성이 반가우니
팔짝 뛰어나가
시린 손을 호호 불지요

숨겨 두었던 사랑 타령이
가슴 가득 따뜻함을 전해주네요

손 뻗어 안녕을 물어봤더니
사랑의 설렘이 어서 오래요

함박눈 속에 녹아나는 옛 기억들이
봄날의 풀잎처럼 자라나더니
하얀 세상을 가슴 가득 품으라 합니다

눈 속에서 만난 모습 모습들이
속을 비운 대나무처럼 하늘을 우러르래요

그래요
하늘 향해 두 팔 벌려보았습니다.

겨울 시금치

창문 틈새로 시린 듯한
찬바람이 비집고 들어옵니다

정월의 지독하던 추위도
조금 누그러져 맞을 만하여
창을 활짝 열어 봅니다

누군가가 늦가을에
뿌려 놓은 듯한 파란 시금치들이
뾰죽 뾰죽 많이도 올라왔어요

올겨울 영하 십오 도를 웃도는
지독한 추위를
잘 견디고 파랗게 웃고 있지요

잎사귀들이 앉은뱅이처럼 추워 웅크리고 있지만
새로운 날들을 위해 준비하고 있는 듯하네요

우리는 사랑 타령과 먹고 산다는 이유로
이 아름다운 생명들을
외면하고 있는지도 모르겠어요

비닐 두 장을 그들에게 씌워주었지요
어느 햇볕이 따스한 겨울 한 낮에
코 골며 조금 자라고요

겨울 안개비

겨울 안개비가 내려
검부연 안개 속으로
자동차가 비를 밟는 소리는
내 마음의 갈등이더라

질주하는 도로 위는
미끄러운 행군이나
안개 속의 데이트는
사랑의 그리움 전부였으니
전동을 일으키는
에너지의 혼합조차도
어둠 속의 풍선이었네

홀로 아리랑인가
안개비와의 데이트인가
그리움은 이슬비 되어
차곡차곡 쌓이더니
온통 젖어 버린 겨울 코트에
축축이 외로움이 다가서지요

꽃순이 시집 가야한데요

사알 살 내리는 봄비 속을
우산 없이 사뿐히 걸어 보았더니
재갈거리며 몽 오리 꽃들이 하나둘 올라와요

연지 찍고 곤지 찍은
새색시의 함박꽃웃음도 피어나고
시샘하는 바람은
족두리를 벗기려 하지만

살짝 윙크를 허공에 던졌더니
산수유 진달래가 팡팡 터지네요

봄비 맞으며

봄비

그대가 보고 싶어 꽃씨 하나 심었어요
그대가 좋아하는 씨앗에서
파릇한 새싹이 봄 인사 하지요

메마른 땅에 찾아온 그리움
한 조각은 빗방울로 승화되어 떨어지네요
말없이 우리들의 거리를 걸어봅니다

고운님 웃음은 봄비에 아른거려
치맛자락으로 받고 있어요

사랑아
그리움아

눈길

흰 눈이 펑펑 내려
온 세상에 소복소복 쌓입니다
언젠가 걸었던 이 길을 걸어봅니다

삶을 핑계로 우리는
아름다운 추억조차
잊고 살지는 않는 지요

모든 것이 고갈된 팬데믹 시대에
위로라도 할 듯이
하얗게 덮어주고 있습니다

등에 짊어진 멍에를 내려놓으라고
등 뒤에도 소복이 쌓여오네요

멀리 보이는 추억 자락을
잡으려고 푹푹 빠지는
걸음 속에 상념의 나래를 펼치어요

모든 것이 떠나든 묻히던 우리는
새 희망과 그리움의 고운 이야기들을
적어 나가야 합니다.

경포대 호수

호수에 볼그스레 윤슬에 노니려니
버들잎이 간지르더라

눈동자의 달은 눈물 하나 가득해
누구를 그리느라 먼 산 박이가 되었나

에헤야
임 찾으러 사공이 되어보자
술잔에 푹 빠져 세상 시름 달래나 보자

겨울 이야기

노을이 물들어
수많은 사연을 토해냅니다

석양이 어깨에 걸려
갈 숲으로 가라고 손짓하지요

아픈 날개를 잠시 쉬는 철새는
순천만의 광경에 푹 빠져있구려

사계절을 피운 꽃나무들도
고운 잠에 빠지려 하고 있지요

붉은 석 양에게 돌아올 봄 예약을 하고
화려했던 지난여름 이야기를 두런두런합니다.

봄의 만찬

오자마자
가려 하는 봄은
삐졌나 봐요

호통치는 겨울날
추위가 찾아와
살랑거리는 바람이
못내 아쉬워

산비둘기 우체부에게
소식 전해 달래요

봄날의 마지막 만찬에
초대합니다
식단은 고사리와
두릅 쌈이에요.

들꽃

새초롬히 향기 날리며
다소곳이 앉아 누구를 기다리나
이름도 몰라 성도 몰라

화려하지도 않아 수수한
그 모습
가득 작은 이야기하고 있네

그리움은 봄밤의 약속처럼
살랑거리며 수줍어 말 못 하고
소곤거리고 있네

별꽃이 사르르 곁에 내려앉으니
너도나도 고개 들어
사랑 노래 부르네

지나가는 길손의 휘파람 소리에
숨죽이며 조용히 들으며
그대 모습 동그랗게 기억을 두드리네!

해무

바다에는 물안개
바다가 보고 싶은 여인은
대관령 재만 넘으면 희망이 숨 쉬는 줄 알았다

앞을 가로막는 비
해무, 파도는 괴성을 부르며
지난날을 꾸짖고 있더라

어디로 가야하는지 거친 파도는
천지를 부술 것만 같았고
그의 울음은
용서를 구하는 삶의 질책 같았으니
인성이 멈추어 버리려 하고 있다

멍때리고 그냥 바라보니
너도 시들고
마음의 안락조차 시들어 가려 하네
한 잔 술에 타버린 목마름은
애써 갈증을 해소하려 하나

뿌옇게 앞이 보이지 않는
바다의 성냄은
이미 쌓여버린 나의 몸짓의 한이더라.

정월 대보름

쑥하고
쑥이 인사하지요
입춘이라
달래도 수줍어하네요

봄이 왔어요
졸졸 흐르는
시냇가 아래에도
툭툭 떨어지는
겨울 조각이 몸살을
앓는 봄입니다

아지랑이 불러 모아
비닐봉지에 담습니다
마트에, 재래시장에
봄 잔치가 한창이네요

달래 냉이 쑥 두릅
정월 대보름도 사시래요
내 더위도 사시고
망울리도 돌리세요

엔드 테라스 하우스

무언의 대화는
아메리카노 짙은 향에 취하고
문학의 시어들은 조명 빛에 어울리니
아름다운 자태마다 사랑 노래 부르더라

시선이 머무는 곳에
눈으로 먹는 맛 빛이 비치고
포만의 호르몬은 흥겨움의 노래이니
배부름이 그리운 것, 또한 친구가 고픔이네요

빵에 발라지는 진한 치즈의 부드러움은
어깨가 보이는 검은 슈트를 입은
그녀에게 반한 원초적인 사랑 끌림입니다.

우수

메마른 영혼이 찾고 있지요

타령,
꽃잎에 물주는
사랑 님의 마음을 담습니다

우수
어쩌다 만난 그대가 초우였나요
시든 나뭇가지 생명의 위로였지요

사랑
활기찬 모습을 보세요
그대가 나를 모르시나요

부활
사랑합니다
지금 모습 그대로
우수에 잠겨 있는 한 송이 꽃이지요

갈매기의 꿈

아주 작은 소망 하나가 피어오른다
파란 하늘을 날며 내려다보는
파도와 바위섬은 늘 같은 자리에 있지만
이루기 위한 소망은 육신의 고단함을 잊은 채
회전하듯 날갯짓한다

멀리 보이는 수평선은 꿈의 종점이런가
바다의 물결은 그리운 얼굴들로 포말을 이루지만
비릿한 내음은 정녕 고향의 품이었노라
신비로운 작품을 선물 받은 게야

가슴에 핀 해당화 꽃은
중년의 가슴에도 불을 지피는데
어느 화가가 이렇듯
소망 모두를 그려 가고 있는지
완성되면 내게도 보여 주시구려

아주 예쁜 장관을 바라보며
시와 함께 진한 그리움으로 가득하고
고소한 커피 한 잔을 마시는 바닷가에
예쁘장한 그런 집에서 살고 싶구려

할미들의 전성시대

무슨 사연 그리 많아
꼬부라져 고개 숙이나
미소로 숨기려 하지만
아픈 통증들이 살아나네
산객들이 쓰다듬는
그 손길마저도
네 설움 내 설움이 담겨 있구나

딸아!
어미는 잘 있으네
오며 가며 들려주렴
아픈 세월 허공에 묻어 버리고
가녀린 모가지가 힘에 겨우나
햇살 활짝 하길래 할미꽃 놀이 나왔다.

여명

태양이 솟기 위해 웅크림은 시작이니
어둠의 불씨는 오늘을 향한 욕망이지요

잠시 머물던 세계의 바람은
희망가 한 곡조 읊조립니다

노 젓는 사공의 풍어를 위한 기원은
정기 받은 여명에 아침의 역사지요

그래요 쉬었다 가자 태양이 말합니다
쉼의 교차로에서 오늘을 낮추고 있어요.

꽃샘바람

가슴에 안겨
간지럼을 태우더니
톡 삐져 돌아앉아
바람 따라 가려 해요

어쩔 수가 없어
아지랑이를 부르지요
여인의 마음은
봄꽃 사랑이지요

환하게 웃으며
돌아서는 볼우물에
봄비가 살짝 묻어 있네요
팡팡 터지네요.

푸념

봄비가 포근하게 내리더니
한 방울 두 방울 결정체로 바뀌지요
타박거리며 걸어봅니다
일에 지친다기보다 사람에 치여서 걸어요
조용한 세상이 아니다 보니
사람멀미라는 것도 있네요

사람은 사람 속에서 어울리고 있지만
각자 개성이 강하니 의견은 분분하고
자기 위주로만 주장을 해대니
실망을 안고 걷고 있어요
이런 사람, 저런 사람 다 있지만
이해가 어려운 사람도 있더라고요

내 일찍이 조용히 살고 싶어
이곳에 살고 있지만 자연인으로 돌아가
살 수도 없고 비록 세상은 얄궂게 물들어도
내게 아프게는 하지 마시구려
세상모르게 살고 싶으니.

봄 사랑

내가 좋다고
속삭이는 그에게
아직 대답을 못 했어요
안면도 그리움이 사랑인지요

노랗게 올라오는
봄 사랑
벌써 고백해 버렸네요

쉿!
비밀이에요
그가 질투합니다.

우수 2

메마른 가슴에 비가 내리지요
꽃밭에 물 주는 그를 바라보지요
잎사귀 하나하나 정성스레 닦으며
예쁘게 자라주길 기대합니다

반전 폭우처럼 바가지로 물이 쏟아지면 좋겠어요
아니 주라는 꽃밭은 버린 지 오래인데
어느 꽃에 사랑을 심는 건지요
홧김에 걷어찬 화분이 쏟아지더니
콩나물만 한 꽃씨가 자라고 있네요

우수에 사부작거리며 오는 비에
미안을 고하며 교회 종소리에 맞추어
회개하러 갑니다 우수에.

꽃샘추위

톡 삐진 여인네가
쌀쌀맞기를 이루 말할 수가 없더라

그 여인이 좋아서 향하는 마음 헤아려 주지 않고
무엇이 슬퍼 눈물을 떨구고 있나

서리서리 한이 되어 흘러내리더니
하얀 결정체로 바뀌어 버리지요

사랑은 그렇더라도 줄다리기의 연속과정
이기고 지고 가 없어 어여쁜 그대

두 눈가를 고운 입김으로 훔쳐 주며
하얀 눈밭에 두 팔 벌려 누워요

그대를 흠뻑 안아보려고.

모세의 기적

삶의 행로가 그 끝에 다다랐을 때
우리는 과연 어떻게 할 것인가요
포기하고 주저앉을 것인지
많은 사람은 지도자인
모세를 따랐고 그는 기도 하였었지요

절대자인 신에게 바닷길이 열리고
모두 새로운 세계로 들어가게 됩니다
어둠이 내린 겨울의 순천만의 빛이 비치고 있어요
고단한 하루의 여정을 젖과 꿀이 흐르는
순천만 가야 정원에서 여장을 풀었지요

삶이 그대를 힘들게 하더라도
일단은 가나안의 땅으로 와
쉼하고 있으니 안심하시고
포근히 내일을 꿈꾸세요
내일의 희망은 내일의 태양이지요.

야화

저고리 앞섶을 열어젖히는
밤바람이 차가운데
어찌하여 고운 임은
밤마실을 나오시나요

밤 별이 외로이 뜬
달 타령을 하건만
어찌하여 여린 사랑
비단길을 밟으시는지요

희망에 부푼 가슴
새겨지는 임의 뜻은
어찌하여
야화로 얼룩지려 하십니까

작은 새

꼬마가 꽃신 신고 창 앞에 기다리니
겨울을 지난 어머니가
환생하신 줄 알았잖아요

꼬마야 너무 예뻐
세상 손 탈까 걱정이다

고맙다고 말할까
누구냐고 물어볼까

인생은 어차피 여행 동반자야
같이 때 밀고
풍덩거리며 예쁘게 살아보자 구요

고향 그리움

사랑과 인연은 연기처럼 피어오르다
가벼운 재가 되어 날아오르지만
남겨진 고향이야 어딜 갈 소냐

그래도 한때는
지방 유지의 큰딸로
온갖 사랑 받으며
추억 놀이도 많았건만
말로는 잘 난 척해도 모습은 가버렸으니
어이타 이리될 줄 모르고 살았네

허난설헌
내 고향 집에 와보니
그래도 나처럼 심약하지는 않더라.

빙점

서러운 생각들이 모여
사랑을 이룰 줄은 몰랐겠지요
애달픈 마음이 모여서
애증의 그림자로 남을 줄 몰랐습니다

사랑은 온기로 다가왔지만
얼어붙어야 하는
그 무언가가 있었습니다

보고 싶음도 사랑이래요
미우라 아야꼬처럼
멋진 만년필로 당신의 향기를 쓰지요

서릿발이 가득한 풍경 속에서
모습 하나 기억하며
사랑이라고 주장하지요

그대 가능하면 얼어버린 눈꽃을
같이 보시겠어요
피어나는 배려는 얼음꽃에도 있습니다.

산딸기

풍성한 파자마 바람 산기슭을 타더니
어이쿠 꺾어진 가지에 넘어져 버리고
떼굴떼굴 굴러 도로 그 자리로 왔네요

기운은 빠지고 허기는 지는데
알 수없는 욕망이 가득하더이다
칡뿌리를 캐어 목마름을 축이나
선들거리는 산바람이 속옷 가랑이를 스치니

요런
매끄럽게 바라보는 딸기가 있어
해갈을 핑계 삼아 따 먹어 버리고 말지요
산에 피어 산딸기인가
들에 있어 딸기인가

경칩

다들 기다리는 경칩이라며
개구리는 왜 우는지 모르고 있겠지요
올해에 얼마나 추운 겨울이었나요
땅속에 움츠린 곳에 온기를 보살폈나요

힘이 들어 죽겠어도
말을 안 하는 것뿐입니다
누가 후원하여
흔한 난로 하나 사주셨는지요
절기를 핑계 대 나오라고만 하시니
발가벗고 그대들 앞에 참하게 서 보려고요

아, 왜 경칩이래요
땅속은 사계절이 무조건 없습니까
청개구리 속성만 탓하지 마시고
이 개구리 정부 혜택 대상으로 넣어 주시구려
나라님!

산파

도대체 사람은 어떻게 태어나나요
축복은 있나요
할머니 돌아가시는 날에 저는 세상 밖으로 나와야 했지요
어머니는 저를 안고 멀리 가야 했어요
할머니께 미안한 마음으로 어디 구석을 찾았겠지요
나오지 말라고 밀었나
오랫동안 머리 가운데는 쏙 들어갔어요
이런 자식이 행복할 수 있나요
형보다 자상하고 고운 성격이라고 다들 칭찬하지만
난 태어나지 말아야 하는 사람이지요
궁금한 게 많아 나를 받아 주었던 산파를 찾습니다
너무 똑똑해 이뻤지만 태어나지 말았으면 합니다
눈물이 앞을 가리네요
이런 엿 같은 신세 있나요
할머니도 밉고 어머니도 비굴하지만
지금까지 잘살고 있어요
눈물이 흐릅니다
고장 난 수도꼭지처럼요
듣고 있는 나는 어찌해야 하나요
양파 껍질을 깝니다
니 설움 내 설움 펑펑 울 수 있으니까요
속이 상한 착한 남자 이야기를 들어 주고 있어요.

126

대폿집

돈 없으면 집에 가나요
아니에요
외상술이라도 먹어야 지요
비는 추적거리고 일은 없고 분잡스러워도
펑퍼짐한 그녀가 부쳐주는 빈대떡 한 장에
막걸리는 최고 아니겠어요
영탁이도 그랬어요
앓던 이가 쑥 빠지는 막내아들 장가가니
막걸리 한잔이라고
부슬부슬 비 내리니 여우 같았던 그녀가
문득 보고 싶어요
언제 이야기 인가요
세월은 유수 같으니 그래서 또 여기로 왔지요
국밥도 좋고 족발도 좋아요
하지만 스물일곱 정숙이가 쪽쪽 빨던
막걸리 대폿집이 고향 같지요
앵두 같은 입술이 내 잔까지 빨아가고
나도 그녀도 여기가 좋아요
원 플러스 원이었는데.

눈꽃 송이

길을 걷는데 볼과 귀를 간질이는 게 있었어요
소곤소곤 지친 영혼들에게 나누어 주래요
인연은 천국의 계단처럼 밟아 올라가더니
인어가 뛰어든 바다의 물거품처럼 사라지네요
남아있는 추억이라는 사연들 속에는
아린 이야기들이 뒤엉켜 있으니
아픈 가슴을 송이송이 써 내려가요
한 송이 두 송이 흰 꽃으로 떨어져
우리들의 이야기로 쌓여 갑니다
밤새도록 하고 싶은 추억 이야기 말이지요
바라보는 눈길에만 애틋한 사랑이 글썽이는 줄 알았는데
돌아서는 등 뒤에도 소복이 내려 쌓이네요
어쩌다 아련히 피어오르는 그대 그리움을
눈꽃 송이 그림으로 하얗게 그려가지요
밤새도록 두 손 모아 천상에 올려 봐요
사그락거리는 우리들의 작은사랑 이야기를요
송이송이 골뱅이 국수 말이 어디서 온 바다향인지
후각을 그리움으로 빚어내고 있습니다
먼 옛날 모터를 단 자전거를 타고
아버지께서 새벽에 담아 오신 초당 두부만큼

귀한 내음이 바다가 고향인 나를 울먹이게 하네요

토속 장국수를 좋아하시던 아버지가 보고 싶어

소면 한양 재기 삶아봅니다

흘러버린 세월이 안타깝기는 하지만

아버지의 옛날로 돌아가 봅니다

사람들은 맛있다고 미각으로만 말하지

나의 추억일랑 아랑곳없어요

골뱅이를 넣은 비빔국수를 차곡차곡 사리를 지어 담아

봅니다.

세월

양반님들 팔자걸음이 고운 웃음을 짓게 하네요
골 깊은 산중에 어느 아낙을 품으셨나
붉은 꽃잎 비단 저고리를 벗어 사랑 타령하시네요
이고 지고 가는 저 세월을 어찌 안고 가시려오
살포시 읊조리던 희망가는 어디로 가고
쌉쓰레한 눈시울이 지난 사랑을 담았으니
설야에 숨 쉬던 매화타령이 어인 말씀인지요
너도 가고 나도 가는 세월을 한탄한들 무엇 하리오
잃어버린 날들을 탓하지 말고
고운 분칠에 속지나 마세요
사랑은 이런 건가요
가을 앓이를 걷어내고
겨울 사랑이 시작되었어요
뽀드득 흰 눈 밟는 소리를 그대 들리시나요
쑥스러워 가 버리실까 봐 가까이도 못 가지요
그리움은 눈보라 되어 피어오르지만
조용히 그대를 사랑하겠어요
그대 영혼은 아무것도 안 들리겠지만
눈이 멀고 귀가 안 들리고 말할 수 없으니
바이올린 연주만 할게요

오선지 위의 리듬이 좋아요
그냥 나를 보아만 주세요
사랑합니다.

기도

이젠 슬픈 십이월이라 하지 않겠어요
새로운 인연을 주시니 기쁘기 이루 말할 수 없네요
예쁜 작가 동생을 주셔서 못난 저를 챙겨주고 언니라고
부르네요
잘할 수 있는지는 모르겠으나 있는 그대로 살면 되겠지
요
그녀는 나를 또 이슬이라 부릅니다
많은 사람을 잃어버려 상심한 별처럼 세월을 보냈지요
하지만 졸필로 책도 출간하고 상도 여러 번 타는 2022년
이었네요
신은 무심하지는 않으셨군요
당신을 얼마나 원망하며 살았는지요
기쁨 충만함을 그녀에게도 주시면 감사하겠습니다
사랑꾼처럼 매일 사랑 타령만 글로 썼더니
이런 좋은 사랑을 보내 주심도 진심으로 감사드립니다

하늘이시여!
X-mas 이브에
돌아가신 어머니께도
제 소식 전해 주시면 감사하겠습니다.

양미리

제철 만난 양미리가 나를 찾아왔어요
고향 생각에 흠뻑 젖어 오는 눈물 찔끔거리지 말라고
사회복지사인 명순이가 주문진에서 사 왔답니다
고맙기도 하고 비릿한 고향 내음이 정겹기도 하지요
아이고 어린 치어까지 섞여 있네요
안 되요 돌려보내야 합니다
우리는 당장에 필요한 것만 원하지요
먼 훗날 바다 생태계도 생각해야 합니다
들에는 풍성한 초록의 영근 꿈들이 있고
바다에는 얄랑거리는 예쁜 물고기들의 행진이 있지요
추운 겨울날 찾아온 양미리 화덕 불에 따뜻하게 하나요
금강산도 식후경이라 미식을 실감 하지요
이론과 실제가 맞게 되는 날은 언제쯤 되어야 하는 것
인지요.

바다가 고향입니다

솔향 가득한 여인의 바다는 그리움을 가득 머금은 검
붉은 여명의 아침입니다 조개껍질들을 무명실에 꿰어
목에 걸고 흔한 유행가를 부르며 솔밭을 거닐던 바닷가
의 추억이 숨 쉬고 있지요

메뚜기도 한 철이라며 동창 녀석들과 김치 장사로 바
닷가를 뛰어다녀 새카맣게 그을려 하얀 치아만 드러내
고 웃던 썸머 시즌 추억들이 앨범 속에서도 웃고 있네요

천둥 번개 빗방울을 피하며 솔밭을 뛰어다니며 부르던
노래 이 빗속을 걸어갈까요 말없이 둘이서 갈까요

오리 바위 십 리 바위를 헤엄쳐 갈 수 있는 날은 언제
쯤인가 하던 소녀의 백사장 꿈은 유수같이 흐르는 세월
을 안고 향기를 쓰는 시인이 되어 돌아왔어요

바다 그곳에는 영원한 그리움이 있습니다

흥얼거려 보는 바다의 노래와 못다 한 사랑 이야기를
솔밭 사이로 걸어가며 한 수의 시로 탄생시킵니다.

봄 사랑

내가 사랑하는 임이 아닌지 살금살금 가볼게요
살얼음 속에 졸졸 흐르는 물소리 겨울이 녹아내려요
내가 좋아하는 그가 아닌가 먼 데서 바라봐요
삐죽이 올라와 진통을 겪고 있는 매화 몽우리네요
내가 그렸던 당신이 아닌가
가던 길 멈추어 봐요
버들강아지 눈 틔우며 갯바람에 살랑거려요
바람이 다가와 혼자 걷는 내 어깨에 살살거려가라고
귓속말 전해요
놀란 개구리가 만삭되기 전에 튀어나오면 다 올라와야
한대요
세월 낚시 주인공은 임뿐인 줄 알았더니
복수초 몽우리가 손짓하며 전하네요
그대라고요
추위 속 태양의 열기는 온 힘을 다해 소생의 창조를 시
작해요
지난날의 추억은 다시 오는 거래요.

사랑이 머물고 간 자리

임이 떠나가셨나요
사랑이 머물다 갔나요
그리움의 끝은 어디까지인가요
빈 항아리에 그리움 한 양동이 길어다 부어요
채워지지 않는 것은 밑 빠진 독이라 하나요
사랑도 그러하지요
짊어진 사랑을 내려놓아야 하는 지요
미련을 가슴에 안고
이 밤이 새도록 항아리를 채웁니다
삶의 고단함은 모두 다 놓아 버리고
빈손으로 훌쩍 가버리고 싶지만
애증의 그림자가 분홍빛 그리움 되어
하얀 눈밭을 뛰어다니고 싶어 하지요
사랑은 연기처럼 스며들어 안개 속으로
사라지는 것이 아닌지요
혼백 모두를 설야의 밤에 내동댕이치더라도
상고대가 높이 울고 있는
그곳까지 가보렵니다.

서울의 봄꽃

살 속으로 스며드는 온기가 답답하다고 졸라대니 그대 그리움을 안고 거리를 나섰어요

꽃향기 속에 시린 사연을 톡 털어놓았더니 다독다독 어깨 위에 그대 꽃잎 그리움이 쌓이네요

참 많은 이야기와 아픔들을 토해낸 이 거리를 그대도 생각하시나요

웅크린 시간은 간 곳이 없고 밝은 새날을 기약이라도 하듯 몽오리 진 가슴 열리고 있으니

이야기들로 범벅이 된 봄비 속에서 새끼손가락 슬며시 내밀어 보았어요

어깨 위로 쏟아지는 꽃송이들은 남산에도 경복궁에도 청계천에도 있었지요

명동성당도 야단법석이지요

종종거렸던 걸음을 멈추고 사랑의 환희를 만끽합니다

정을 실은 강물을 남녘에 보냈더니 그곳의 꽃소식이 나를 찾아왔구려 추워요

꽃의 살바람이 아리게 파고드는데 걸음은 빨라지고 차가운 정은 떨어지려고 하지요

아직은 아닌가 봅니다

눈이 바람이 꽃잎을 얼게 합니다.

봄비

내 마음에 당신 가슴에 우리들의 마른 삶의 공간에 봄을 재촉하는 비가 내리니 계절을 바꾸려는 것 같아 메마르고 강퍅해진 생의 위로야 출렁거리는 빗속을 걸으며 새로운 날들을 설계해 본래 희망은 쌍무지개 뜨는 언덕에 있어 일곱 색깔 그림을 그려 보라네 오직 바람 하나 붙들고 그 언덕 위를 뛰어다녀 사랑도 그리움도 같이 만들어 가야 하네

어느 봄날에

따스한 봄바람이 내게 다가와 인사 할 때 겨울의 눈은 사르륵 녹아 버려서 복수초꽃이 고개 들고 매화 향기가 세상에 알려지는 날 흐르는 냇물은 툭툭 얼음 녹는 신음 새 생명이 아름드리 꽃송이로 엮어간다네 봄비 맞으며 스산하기는 하나 아스라이 먼 곳에서 임 소식이 들려와 가까이서 대답할 수 있다고 말했어

봄소식

봄 내음

누가 그러더라
누이의 심장 뛰는 소리가 토닥토닥 들린다고
고향에서 직접 캔 쑥이 배달되었어요
쑥 냉이 달래 내음이 추억 열차를 타고 달려오네요
기적소리와 함께 토속 된장에 냉이를 넣어 국수를 말아
드시던
아버지의 큰딸 사랑도 가슴을 조여옵니다
대관령 아흔아홉 구비를 넘으시던
외할머니의 싸리버섯 산 두릅도 봄 향기로 날려 오지요
창을 열고 고향 동네에 소식을 전하였더니
비릿한 바다 내음에 섞이어 지뉴아리도 봄을 알려요
봄 내음에 실려 온 고향 향기 그대는 아시나요
서러울 때 백사장에 앉아 놀던
어린 소녀의 소담한 추억거리를요

설익은 사랑

연잎이 마르더니 꽃잎이 서글퍼요
약속은 떨어지는 눈물방울이지요
큰 나무 정자 아래 수줍던 인연은
잠시 쉬어가는 갈잎의 노래랍니다
설익은 모습은 그대라는 이름이고
낯선 그리움은 내 사랑이었나요
키스로 얼룩진 연잎의 이별이
그리도 애처롭게 가슴을 두드리지요
두 마음이 한 몸 되어 진하게 그리우니
우리 그냥 떠나요
천상의 고향으로 연꽃이 떨어져
사랑이 그리울 때
그대 가슴에 안겨 고운 사연 드리우리
아직도 못다 한 품속의 사랑을
고향 바다에서 그리워 이루어 볼래요.

추억의 넘버 나인 음악 감상실

콩우유 한잔에
신청곡은 호텔 캘리포니아
이글스가 불을 활활 지폈었지요
어둠 속의 넘버나인 그곳은
젊은이들의 최고 장소였어요
남자처럼 넥타이에 베레모 삐뚤렁 쓰고
팔부바지 옆 가랑이 군화 끈으로 매고
긴 부츠 색깔은 녹색이더라
간첩으로 오해받아 검문소에서
날밤도 새우고
통행 제한에 숨어 다니던 날들 젊음은
지난날의 표상이었어요
이미 먹은 나이는 숫자로 표시되고
폴 앵카의 파파가 기억되고 있으니
그곳은 우리들의 도피처로 남아있네요
지금도 추억은 영원하고
음악은 넘버 나인입니다.

바람의 언덕

아주 작은 소망을 안고 찾아갔을 때
놀라서 황홀 지경에 빠졌습니다
마치 촌사람이 그랜드 캐니언에 온 줄 알았지요
낚싯대 덜렁 매고 앞뒤 앉을 자리 못 가리고
어린아이 물장구치듯 정신 못 차렸지요
풍광에 취하고
흥분된 마음들은 행복 그 자체였어요
유명한 산수화가 여기 있고요
세상의 파라다이스는 여기만 한가요
모든 것을 다 잊어버리고
신선놀음에 도낏자루도 썩어가는 줄 모르지요
언제였나 아픈 몸을 끌어안고 찾은 곳이지요
오는 핸드폰을 받으니 아이고 내 동생의 진한 농담
병원 결과 보러 가 장례 장으로 갔나 해
적금 해약하려 하는 중이라는 말도
서운했을 때입니다.

화장하는 봄

삭풍이 지나간 자리에
내 사랑이 찾아왔어요
건조하고 차가운 겨울이 쫓겨 갑니다
잊지 마세요
지난 추억이 몹시 애달프지요
사랑 그것은 그대와 나의 봄
이야기로 돌아오려고 싱숭거리는
들뜬 마음으로 다시 찾고 있습니다
거울을 보아요
푸석하고 헝클어진 머리카락 사이로
지난날의 성에 낀 겨울 모습들은 몰래 떠나고 있지요
아이섀도의 밝은 싱그러움 눈 밑에 흐르는
마스카라는 내가 사랑하는 봄을 애달파 하지요
새로 산 립스틱을 입술 가득 묻히니
키스로 봉한 그대가
쑥스러운 표정으로 오시고 있어요
고마워요
또 고마워요.

인연

　참 더럽고 치사한 게 인연이더라 끝나고 나면 보통은 서운하지 뭔가 섭섭하고 찔끔 눈물도 나고 덕목 씨는 오늘 완짱을 냈지요 뭐 형사 재판장도 아니고 이 사람 저 사람 삼삼오오 앉아 덕목 씨를 기다리고 있어요 근데 조금 놀랐지요 생전에 법정에 벌금 두들겨 맞을 때 하고 카드 돌려막기에 걸려 캐피탈에 불려 간 거 외에는 없는데 이게 뭣이여 직장에서 목소리가 커 노인이 놀랐다고 노인학대 서명을 하라 하고 전라도 사람이라 했다고 지역 감정 뭣이라 인정하는 사인을 하랍니다 덕목씨 묵비권 행사 중이지요 이곳을 포기하면 이런저런 거 안 씁니까 끄덕 끄덕 연차 열두 번 남았으니 다 쓰고 그때 사표 내지요 모든 것은 끝이 났지요 이것저것 얼마나 스트레스 중인가 나오니 시원도 섭섭도 아니고 뒤통수에 귀신이 붙었다 달아나는 형상 오목 가슴이 아프더니 쭈욱 펴지며 기분이 좋아지니 아니 내가 이 나이에 노인학대 증명서 나오게 생겼나 노인 안 만나면 되지 토끼처럼 뛰면서 폰 해요 탕 짜면 하나 배달 주세요 인연은 따로 있더라 연하의 만남 굿

봄 바다가 그립지만

짜글거리며 꽃몽오리들이
톡톡 터지고 있어
답답했던 가슴을 짠물에 씻으려고
고향 바다를 찾았어요
파도는 예나 지금이나
굉음으로 꾸짖으나 비릿하고
멀리 보이는 수평선이
다 쏟아 놓으라고 위로 합니다
좁은 마음들은 교회 강대상 앞에
무릎 꿇고 통성 기도를 하겠지요
신은 어디에 있는 줄 모르니
파도소리에 통성을 합니다
내 사랑은 나의 몫이고
내 억울함도 내 몫이니
소리 질러 수평선으로 떠나보내지요
청춘이 숨 쉬는 봄 바다에 왔는데
세상 고락을 털어놓아 미안합니다
사랑은 먼 곳에 있지 않고
내 맑은 영혼은 굳이
변명하지 않아도 된다고
철썩거리는 파도가 말해주네요.

갈매기의 꿈 2

한여름 태양 볕에 모래알은 꿈을 꾸지요
바람이 움직여 주면
하늘 높이 날아 갈거라고요
다소곳이 앉아 모진 바람 눈비를 맞아 보기도 하지요
여행자들인 철새들의 하소연도 들어 봅니다
어둠이 내리는 그 어느 날도 외롭고 힘든 밤을
철썩이는 파도에게 의지했나 봐요
자 자 날아보자
살아갈 수 있는 먹이를 찾고 날개의 힘을 키워
애써 버둥거려 보고 있잖아요
알바트로스처럼 높이 날아 세상을 내려다보고 싶지만
아무것도 혼자 힘으로는 안 되는 것을 알았을 때
갈매기의 꿈을 그리워합니다
끼룩끼룩 야무진 부리로 먹이를 찾고
힘차게 날갯짓으로 비행을 하지요
멋진 세상에 멋진 내가 서기위해서요
유명한 화가가 그린 도화지 위의 희망이 완성 되어요
주인공은 결국 나 였어요.

떠나요

피어오르는 연기처럼 몽환의 세월은
파란 그리움 되어 달려가지요
떨어질 듯한 잎새 하나는
만감이 교차하는 비행이던가요
안녕이라는 인사도 추억 사랑에 아쉬우니
그대여
뒤돌아보지 말고 찾을 수 있는
체취를 기억하시구려
천 원짜리 다방 고운 한복차림에 똬리 틀은
뒷머리가 이 다방의 상징이었네요
계란 노른자와 잣가루를 저어주는
마담의 하얀 손이 쌍화차 사랑이더라
잔잔히 흐르는 백 호의 구슬픈 노랫가락에 취해
차향 내음에 마음을 실어요
천 원짜리 한 장 내밀고 이백 원은 받지 않는
더벅머리 사내의 쑥스러운 마담 사랑은
홍조를 띠며 돌아서지요.

허난설헌

여인은 난을 무척 좋아하여
난설헌이라는 당호를 지었으니
본명은 초희였지요
명문가 출생으로 삼 동 시인의 한 사람으로
고뇌를 한몫으로 달래었더라
자녀를 일찍 잃어버린 삶의 고통에서 벗어나고자
이상적인 선경을 추구하였으나
이십 칠 세에 요절하셨네요
유언으로 방 한 칸 되는 분량의 글을 태워달라고 하고
그의 동생 허균이 소장한 이백십삼 수를 보관하니
지금 우리의 벗이 되고 있어요
세월은 유수같이 흐르고 행적은 보존되고 있으나
다녀가는 억겁의 세상 이치를 우리는 아무도 모르지요
심오한 마음으로 그의 글에 접하니
글 쓰는 한 사람으로 숙연해질 수밖에요
사람은 가고 없지만
과연 우리는 무엇을 남길 것인지
내 고향 허난설헌 지금도 글을 쓰고 계시는 지요
글쟁이는 미쳐도 글 속에 머무르니
나도 한 수
선인께서도 한 수 천상에 올려봅시다.

레드 브릿지

더워도 너무 덥지만
화창하길래 이 출렁다리를 건너봐요
흰 눈이 소리 없이 내 품을 찾던 지난겨울
이곳에 와 강한 향의 아메리카노 한잔에
시럽과 각 설탕을 잔뜩 넣고는 자리한
창가에서 호수의 장관을 내려다보았었네요
몹시도 외로웠던 어느 날에
장맛비에 호수는 만수이고 갈 곳을 찾은
영혼들의 쉼터가 되었으니
달콤한 비엔나 커피 한 잔에 시름을 놓아보네요
북적거리는 사람들 틈에 내 사랑은 간 곳 없고
쓸쓸하게 웃으며 바뀐 세월을 헤아리고
나름대로 멋을 부린 머플러를 살며시 풀었더니
녹아내리는 설탕 속에 흰 눈이 펑펑 떨어지네요
여유와 만족은 언제나 갈등 속에 있고
내려놓고 버려야 하는 것들은 꼭 쥐고 앉았으니
마음은 갈 곳을 버리려 하네요
숨 한번 돌리고 조심스레 돌아보는 이 카페에는
나의 꿈이 살아서 숨 쉬고 있으니
주어지지 않는 욕망을 달래고 있구려
달콤한 향의 미각은 아우성치고
보이는 장관에 넋을 빼더이다.

사랑하는 사람아

그 곱고 찬란했던 시절이 어찌하여
핏빛으로 물들어야 했던 가
한 여름날 굵은 줄기의 소낙비 속에서도
언약을 맺었던 나의 사람아
어찌하여 희부연 한 안개비로 사라지려 하는가
나도 가고 너도 가는 윤회에 묻히어
우리는 갈망도 할 수 없었던 건가
하늘 바다 파랗게 비칠 때
그곳에서 만나자던 약속은 어디로 갔는가
세상모르게 묻히는 우리들의 섬에서
내세의 아픔일랑 나누어 보세
교회당 종소리가 애끓는 사랑이니
파도를 타고 사랑을 나누세나
풍어를 기원하는 노랫가락은
태평 세대를 염원하는 자손의 길이니
인연은 소중하니 외면하지 마시고
치우치지 않는 저울 위에 올라서서
기다리시게나 별밤에 애끓는 부르짖음은
넋이라도 달래는 사랑이려니
사랑하는 사람아
오늘도 이 밤을 기억해 주시구려!

등나무 아래에서

보랏빛 그늘 꿈 보따리를 풀었어 옛날 꿈 이야기보다
너무 많이 달라졌지만 코흘리개 맨 앞줄에 앉던 영석이
는 은행지점장이라네 옥수수빵이 좋다고 청소 당번만
하던 은숙이는 학원 원장이래 내가 좋아했던 관현악 악
장 대홍이는 수원에서 주식 부자라네 나 일 등만 고집했
던 남영이는 얌전한 주부로만 있다네 삼십 년 총동창회
에서 나온 얘기여서 세상에 이박삼일을 했나 봐 동창회
은사님들은 이미 어르신 우리들은 중년 그래도 변함없
고 만만한 게 우리 이야기 호텔에서 축사로 시작하여 태
풍 피해 모금이 주제였고 나이트클럽 막춤 모임 한잔 술
에 우리는 초딩 사 학년으로 돌아가더라도 그냥 막 이름
부르기 이튿날은 모교 마당 체육대회 기운이 있나 어제
다 떠들었으니 도시락을 들고 앉은 곳이 등나무 아래더
라 아 그 옛날의 멋진 이야기 장소 사 학년 짜리 들의 꼬
마 사랑 그늘에 모두 다 무럭무럭 커 갔었지 이마에 땀방
울을 닦아 주는 택시 운전사 명 욱 이의 풋사랑 경험담을
들으며 익어가는 우리니 등나무더라 보랏빛 꽃잎들이
날리니까 왈칵 눈물이 복받치는 건 왜일까

"여명은 詩를 품어내고" 축하 메시지

시인의 마음은 보물 창고입니다.
우주를 표현함이 넘쳐나는 샘물과 같이
시상은 끊임없이 흘러 나는 도깨비 방망이처럼 말입니다.

마음의 창으로 세상을 보고 찰칵찰칵 찍어 시향으로
만물이 무한한 창의력으로 도출되니 시인은 아름답기만 합니다.

서향 임명실 시인님이 그러하고 시적 감각을 살려내기 위해
변화하고 도전하는 모습에 박수와 갈채를 드리며
두 번째 시집 "여명은 詩를 품어내고" 출간하심을 진심으로 축하드립니다.

시향이 독자들에게 널리 나누어지고 축제와

선물이 되시기를 기원하며

여명黎明이 희망의 빛으로 전하여지기를 바랍니다.

다시 한번 "여명은 詩를 품어내고" 출간 축하드립니다.

– 꽃가람 시 순수문학 대표 장하영

시인의 시를 감상하고 나서

김 상 희

꽃가람 시 순수문학회 총괄대표, 스토리 텔링 작가

임명실 시인은 하루에도 여러 편의 시를 발표하고 있다. 마치! 공장에서 제품을 찍어내듯이 글 공장에서 글을 생산하는 공장처럼 잘 감긴 실타래 명주실이 슬슬 잘 풀려나가는 과정처럼 시 한 소절 시조 한 소절 디카시 한 소절 꾸준히 작품성을 발표하는 그 과정들이 쉽지만은 않음에도 하루 여러 편의 작품을 발표하는 열정에 감동하지 않을 수가 없다.

이번에 출간된 "여명은 詩를 품어내고" 2번째 시집 출간은 인지도 높은 명성서림 출판사에서 출간을 맡았다. 여명은 시를 품어내고 소녀처럼 아주 예쁘고 따끈따끈한 시들로 독자들에게 펼쳐 보이고 싶어 임명실 시인 심장의 박동 소리가 기차 나팔 소리처럼 커지고 있을지도 모른다.

젊은 시절 동서로 분주하게 뛰어다니고 나서야 취미로 낚시를 선택한 시인의 낚싯줄에 낚인 것은 생선이 아니라, 이쁘고 고운 시들이 낚싯줄에 달려 있음을 알 수 있듯이 임명실 시인은 평생에 자기 작품을 역사의 한 페이지에 남기를 원한다며 2번째 시집을 출간한 동기라고 한다.

임명실 시인의 2번째 시집 "여명은 시를 품어내고" 시집 속에 좋은 시 몇 작품을 감상해 보기로 하자!

태양이 솟기 위해 웅크림은 시작이니
어둠의 불씨는 오늘을 향한 욕망이지요

잠시 머물던 세계의 바람은
희망가 한 곡조 읊조립니다

노 젓는 사공의 풍어를 위한 기원은
정기 받은 여명에 아침의 역사지요

그래요 쉬었다 가자 태양이 말합니다
쉼의 교차로에서 오늘을 낮추고 있어요.

– 임명실 시인 「여명」 중에서–

태양이 솟기 위한 웅크림과 잠시 머물던 세계의 바람에 희망을 담아내어 한 곡조 읊는다. 노 젓는 사공의 풍어를 위한 여명의 아침에 밝은 미소와 시작으로 한올한 올 헌 옷을 꿰매는 실처럼 차분히 자기 작품을 역사 속에 남기고자 임명실 시인은 말합니다.

임명실 시인의 詩는 봄기운을 받아 얼굴을 내밀고 방긋 웃어줄 순수함과 따뜻한 태양으로 어두운 곳에 온기를 품어내고자 하는 선행이 세상에 없어서는 안 될 빛과 그림자의 역할을 맡은 천사임이 분명합니다.

청춘 시절에 말했네요
혼자 있을 때가 좋다고
꿈과 이상을 펴기에 너무 좋았어요

낙엽이 찬바람에 뒹구는 황혼이 질 때
보낸 편지가 되돌아오더라도
그 주소만큼은 기억하고 싶어져요
젊은 날의 기억들요

거울 속의 사람은 흘러간 세월을
애써 부둥켜안으니
본인이 책임져야 하는 것들을

내려놓았으나

모습은 어디 가고 없네요

완숙해진 모습에 정을 싣습니다

그래도

잘 견디어 냈다고 위로 하지요.

　청춘시절 꾸준히 추억록에 세겨 보관하고 있었던 옛 추억들을 오늘날 시인이 되기위한 꿈이었을 것입니다. 파릇파릇한 나뭇잎들이 새로운 새싹으로 잉태하기위해 떨어지는 시간처럼 세월을 그렇게 보내오고서야 추억속에 되돌아온 젊은 날을 거울에 비추다 보니 맑고 투명하게 완숙해진 임명실 시인은 자신이 살아온 세월에 온갖 사랑으로 전하고자 합니다.

- 임명실 시인 「자리매김」 중에서-

　이 세상에 제일은 사랑이라고들 합니다. 임명실 시인의 시에서 많이 나타내는 시어들 중에는 사랑을 강조합니다. 사랑이 없이는 하늘에 뜻을 이루지 못하고, 사랑이 없이는 믿음과 존중과 이해도 할 수 없는 것처럼 시인의 작품을 감상 할 때마다, 사랑이 위대함을 시로 표현하는 색다른 컬러 의미지에 감동을 받고 있지만, 독자의 눈 높이를 맞춰 나가는 세밀함도 엿보입니다.

　　호수에 잠기어
　　노닐던 그대 품이
　　한 여름밤의
　　달콤했던 추억으로
　　끝이 나지만

　　사랑은
　　인고의 세월을
　　지나칠 수 없었나
　　어디선가 본 듯한
　　낯익은 모습을 찾지요

　　그리움의 갈망은
　　끝이 없더라
　　하더라도
　　파란 너울 위로 걸어 봅니다

　　아!
　　당신이었나요
　　철썩이며 소원하는
　　파도 소리를 듣습니다

그대

그리움은 어찌

예까지 오셨는지요.

– 임명실 시인 「눈물 한 방울 시가 되어」 중에서 –

감정을 표현하는 자유로움 그 속에 눈물 한 방울이 시가 되리라고 독자들은 생각하지 않지만, 시인은 눈물 한 방울도 시가 된다고 표현을 한다. 호수에 잠기어 노닐던 그대 품이 한 여름밤 달콤한 추억으로 끝이 나지만, 사랑은 인고의 세월을 그냥 지나칠수 없고 파도 철썩이는 소리에 그리움을 반가이 맞이하는 시인의 마술사 같은 언어의 표현력에 멋진 시 한편이 빛이 납니다.

임명실 시인은 눈물 한 방울까지도 소중히 여기여 순수함에 소녀 같은 마음을 지닌 시인임이 분명합니다. 시인의 시어들중에는 사랑을 받으며 주고 싶어하는 감동적인 천사의 마음과 같은 시인이십니다. 낚시를 좋아하시고 그 낚싯줄에서 시를 창작하는 참신한 생각들과 자연이 아름답다 하시며 풍경을 좋아하시고 자연을 사랑하시는 모습들이 오늘날 임명실 시인으로 탄생된 동기라고 봅니다.